AF300535

Die Geschwister M.

Charaktere frei nach Theophrast

Navid Linnemann

FSC
www.fsc.org
MIX
Papier aus ver-
antwortungsvollen
Quellen
Paper from
responsible sources
FSC® C105338

Die Geschwister M.

Charaktere frei nach Theophrast

Navid Linnemann

1. Taschenbuchauflage 2023

Bibliografische Information der Deutschen Nationalbibliothek:
Die Deutsche Nationalbibliothek verzeichnet diese Publikation in der Deutschen
Nationalbibliografie; detaillierte bibliografische Daten sind im Internet über
http://dnb.dnb.de abrufbar.

ISBN: 9 783757 882532

Herstellung und Verlag: BoD – Books on Demand, Norderstedt

"Im Theater klatscht er, wenn die anderen aufhören,
und pfeift die Darsteller aus, die die Übrigen gern sehen.
Und wenn das Theater still ist, richtet er sich auf und rülpst,
damit sich die Zuschauer nach ihm umdrehen."

– Theophrast, »Charaktere«

Die Geschwister M.
Charaktere frei nach Theophrast

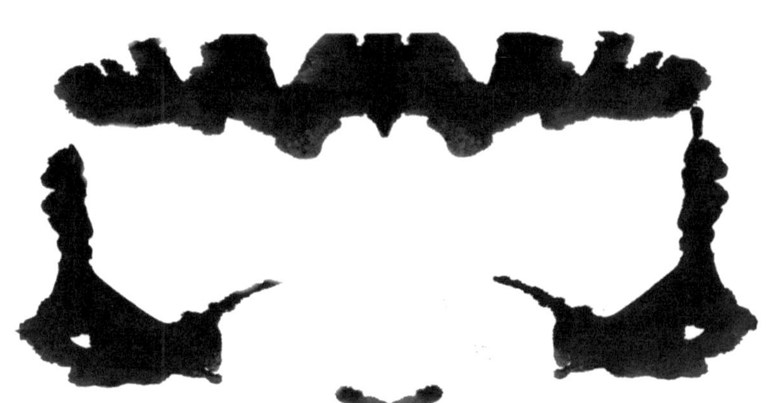

I.   Die Beistehende

Es ist zu einer Zeit, da Einer im Osten einen schlechten Tag hat und einen Beschluss fasst, der Tausende das Dasein kostet. Es ist zu einer Zeit, da dieser eine Mann viel Macht besitzt und seine Entscheidung über das Leben auch der Tod sein kann. Es ist zu einer Zeit, da diese Geschichte ihren Anfang nimmt. Doch bevor sie beginnt, seien zwei Hinweise gegeben:

1. Besagter Mann hat nur deshalb Macht, weil er seine Gegner zuvor deren Macht beraubte, und weil es seinen Gefährten ganz offenbar an Mut, Anstand und Moral mangelt.

2. Besagter Mann hat zwar einen Namen, doch spielt dieser keine Rolle, denn viele andere der Geschwister M. würden in seiner Position ähnlich, wenn nicht sogar gleich handeln. Das hat bereits die Geschichte gezeigt.

Der Beistand ist ein Akt, der sich durch nichts bezahlen lässt. Die Beistehende aber ist eine, die nicht im Traum die Verbindung zwischen Tat und Lohn ziehen würde, sondern schlicht fragt: „Hier bin ich, was kann ich tun?“

Genau aus diesem Grund handelt die erste Geschichte dieser Sammlung eben nicht von jenem Mann mit Macht, sondern von Frau H., die in der Stadt K. lebt. Wobei *leben* alleine keine ausreichende Bezeichnung ist. Vielmehr müsste es *überleben* heißen. Denn das ist es, was Frau H. seit einiger Zeit aufgrund der bereits genannten Entscheidung jeden T aufs Neue gelingen muss.

Dass diese Geschichte gerade Frau H. unter den Geschwistern M. ausgewählt hat, ist dem Umstand zu verdanken, dass sie sich nicht nur um ihr eigenes, sondern auch das Überleben anderer kümmert – eine seltene, gleichzeitig aber die höchste aller Eigenschaften. Nun könnte erwidert werden, dass auch jene Frauen und Männer unter Blau-Gelb und mit Waffe in der Hand dieses Ziel verfolgen, doch besteht noch immer ein Unterschied darin, ob Gegner erschossen, Kampfjets vom Himmel geholt und Flaggschiffe im Meer versenkt werden, oder ob Verletzte aus Trümmern gezogen, Frierenden eine Decke umgelegt und Geschlagenen die Hand gereicht wird.

Frau H. macht genau das und noch mehr. In Hinterhöfen füllt sie Benzin in Flaschen und in U-Bahnstationen bringt sie Kinder zur Welt. Auf Zufahrtstraßen stellt sie sich mit ausgestreckten Händen vor rollende Panzer und weicht auch dann nicht zurück, wenn Soldaten aussteigen, um in die Luft zu schießen. Frau H. übernachtet in Zoos, damit die eingeschlossenen Tiere nicht verhungern, – falls sie den Bombenhagel überleben. An anderen Tagen stellt sie sich auf Bahnsteige und an Bushaltestellen, weist den Flüchtenden den Weg und begrüßt die Reserve. Frau H. kocht Eintopf und verteilt ihn. Sie spendet Geld, stellt ihr Bett, ihre Couch und ihre Dusche zur Verfügung. Frau H. fährt durch das ganze Land und packt an, wo immer ihre Hände gebraucht werden. Und dann – als der letzte Tag gekommen ist – helfen weder Suppenlöffel noch Bandage. An diesem Tag greift auch Frau H. zum Gewehr und ...

schießt.

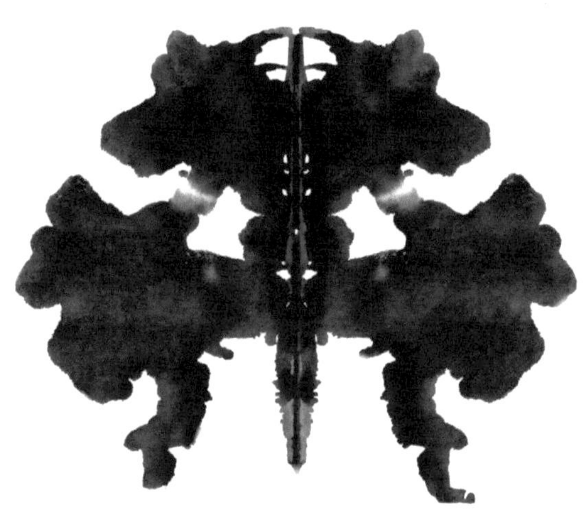

2.   Der Arschkriechende

Die Arschkriecherei ist eine Kunst, bei der man des eigenen Vorteils wegen schöne Worte säuselt, ohne dabei die Gesichtsfarbe zu ändern. Der Arschkriechende aber ist einer, der auch dann noch das Modebewusstsein seines Melkviehs in höchsten Tönen lobt, wenn dieses längst des Kaisers neue Kleider trägt.

Nehmen wir das Haus des Herrn E. mit seinen eintausend und mehr Zimmern. Ein wichtiger Mann, dessen Wort nichts taugt, aber viel gilt. Was Herr E. sagt, das wird getan. Nicht etwa, weil es richtig wäre, sondern weil nur Menschen wie Q. um E. zugegen sind. Herr E. sei brillant, sagen diese Leute. Herr E. mache seine Sache tadellos. Er wisse alles, könne alles und überhaupt: Herr E. sei der beste Mann, den es geben könne.

„Das Volk liebt Sie", flüstert Q., wann immer es ihm möglich ist. Doch auch in anderen Bereichen des Lebens spricht Q. nur Gutes in seiner Nähe. Er sagt beispielsweise an jedem Morgen, dass der Anzug des Herrn E. ein ausgefallen exquisites Stück sei und ihn vortrefflich ziere. Obwohl sich weder seine Mode noch seine Ansichten in den zurückliegenden zwei Dekaden geändert haben.

„Das Volk liebt Sie!"

Wenn Herr E. einmal vor die Türe tritt, so befindet sich dort eine Heerschar aus Qs. Und wenn er bei einem Fußballspiel entweder weniger als alle Tore schießt oder aber über seine eigenen Beine stolpert, so ist es Q. der den Ball auspeitschen und anschließend verbannen lässt.

Einmal hatte Herr Q. in Anwesenheit des Herrn E. gesagt, dass das Land ein schlechtes gewesen sei, bevor er seine Arbeit aufgenommen habe. Davon ist E. noch heute überzeugt.

Nie versäumt es Q. das Leben des Herrn E. so angenehm wie nur möglich zu gestalten: Setzt Herr E. sich, so schiebt Herr Q. ihm ein Kissen unter; essen sie zusammen, so lobt Q. die Speisen, die von E. ausgesucht wurden; spricht E. die Unwahrheit oder liegt falsch, so stimmt ihm Q. ohne Zögern zu und straft jene Lügen, die auch nur mit dem Mundwinkel zucken wollen. Für Herrn Q. ist Herr E. ein Gott – zumindest tut er so.

„Das Volk liebt Sie!"

Ist Herr E. nicht in der Nähe, so vermag Herr Q. hinter vielen vorgehaltenen Händen auch etwas anderes sagen zu können. Wenngleich: Er sagt es nicht, denn es lohnt nicht. Er spricht nur immer das *Ja, ja* und das *ganz recht*.

An diesem Tag – Herr E. kommt gerade von einem Bad in der Menge zurück – ist eine Gruppe fremder Menschen zu Besuch. Sie haben Geschenke dabei, die sie E. gerne geben möchten, und sprechen süße Worte. Herr E. zweifelt an der Aufrichtigkeit der Besucher. Denn er ist Fremden gegenüber misstrauisch geworden, vernahm er doch seit Jahren keinen Widerspruch mehr.

Q. allerdings kann Herrn E. beruhigen. „Sie sind aus dem Volk", sagt er, „und das Volk liebt Sie." So kommt die Gruppe der Fremden näher heran, spricht süße Worte, zieht die in den Geschenken versteckten Keramikmesser hervor und beweist mit deren Hilfe ihre Liebe zu Herrn E. Sein Herz quilt über und auch Herrn Q. wird die Liebe des Volkes zuteil, denn es unterscheidet nicht zwischen denen, die handeln, und jenen, die zum Handeln ermutigen.

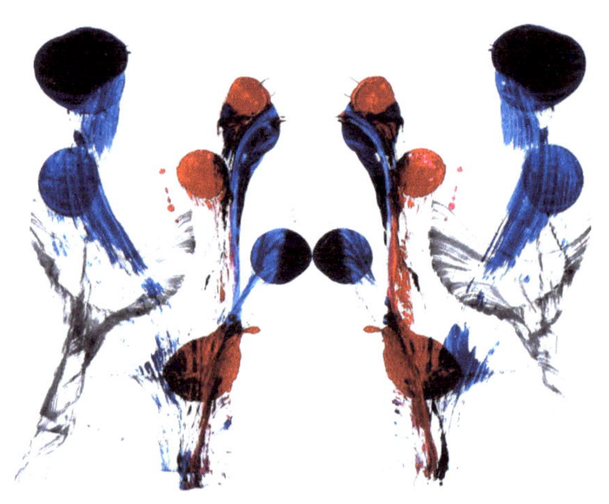

3.   Der Geduldige

Die Geduld ist eine Gabe, die nicht jenen zum Ziel führt, der das Rennen als Erster beendet, sondern jenen, der den richtigen Weg wählt. Der Geduldige aber ist einer, der sich stundenlang die Tiraden des anderen anhört, um diesen anschließend mit nur einem Wort mattzusetzen.

Stau ist in jener Stadt kein ungewöhnliches Ereignis. Zwar gibt es wenige Autos und viele Straßen, doch empfindet das Kollektiv die staatlich angemahnten Verkehrsregeln als überflüssig – sofern es diese überhaupt kennt.

Herr B. indes befolgt sie – so gut es eben geht. Dass er damit allein ist, stört ihn nicht. Anfangs ärgerte es ihn, wenn in engen Straßen die Nachfolgende drängelte. „Noch näher, und sie küsst mein Heck", schäumte er. Doch dieses Aufbrausen legte sich alsbald. Heute fährt B. lieber einen Strich langsamer als zu schnell und verhilft somit auch anderen zu einer regelkonformen Geschwindigkeit. Gut, an den vorgeschriebenen Abstand zum Vorausfahrenden hält sich dadurch niemand – das wäre auch zu schön.

Am Tag dieser Geschichte läuft jenes immer gleiche Schauspiel ab, welches zumindest einmal im Leben des Herrn B. aufgeschrieben gehört. Schauplatz ist die kilometerlange, viel befahrene und alle paar hundert Meter durch Ampeln unterbrochene Küstenstraße. Gleich zu Beginn donnert ein roter Japaner mit mindestens dem Doppelten des Erlaubten an B. vorbei – weitere werden folgen. Erwähnt werden muss an dieser Stelle, dass sich selbst durch penible Einhaltung der Höchstgeschwindigkeit der Luxus einer grünen Welle nicht in Anspruch nehmen lässt. Das hat zur Folge, dass hier eine Fahrt – an der B. ca. 15 km teilhat – ein ständiges Los und Halt darstellt. Nur durch rücksichtsloses Tempo schafft der Rote es über Grün.

Wenig später hat der Verkehr derart zugenommen, dass aus Rasenden Drängelnde werden. Lichthupe, dicht auffahren, ins Horn stoßen. Herr B. kümmert es nicht. Er weiß und sieht an jeder Ampel: Dort müssen alle warten. Auch der blaue Franzose, der es durch ständige Spurwechsel in sämtliche Richtungen mehr als einmal schafft, an Herrn B. vorbeizukommen, nur um dessen Heck bereits an der nächsten Lichtsignalanlage erneut zu bewundern. Die Spuren zu wechseln braucht B. dafür nicht. Nach einer Stunde sind die 15 km geschafft. Herr B. und der Blaue kommen zeitgleich an – doch B. hat da noch weitaus mehr Geld im Tank.

Den roten Raser haben derweil beide überholt, denn seine Fahrt reichte bereits in einer frühen Kurve übers Ziel hinaus. Wie viel Sprit der Rote noch im Tank hat, ist unbekannt; die Fahrgastzelle jedenfalls ist randvoll mit Salzwasser.

Glücklich, einen weiteren Tag im reißenden Verkehr überlebt zu haben, betritt B. das eigene Heim. Sprit gespart, kein Blechschaden, auch keine Katze überfahren – Herr B. ist zufrieden mit sich und der Welt. Immerhin hält er sich an die Regeln und bremst rechtzeitig.

Am Abend dann – als es Zeit für den ehelichen Verkehr wird – ist es ausgerechnet Herr B., der erst zu nah herankommt, dann drängelt und anschließend zu schnell ist.

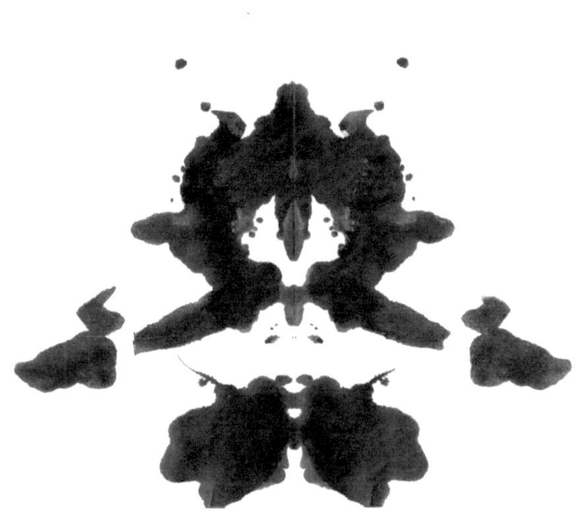

4.   Die Fakende

Das Faken ist eine Methode für all jene, die sonst über keine Qualifikation verfügen. Die Fakende aber ist eine, die aus voller Überzeugung exakt das sagt, was nachweislich nicht stimmt, um im selben Satz die Wahrheit als Lüge zu bezichtigen.

Frau L. arbeitet beim Sender F. Sie könnte jedoch genauso gut auch bei der Zeitschrift B. in D. oder dem Kanal P. in R. arbeiten. Handwerklich gibt sich das nicht viel. Doch Frau L. arbeitet nun einmal für den Sender F, bei dem Herr T. ein gern gesehener Zuschauer ist.

Schon lange bevor Herr T. Präsident wurde – erst recht aber seitdem – findet er bei Frau L. mehr als nur ein offenes Ohr. Welche Unwahrheiten ihm auch immer in den Sinn kommen, Frau L. und der Sender F. berichten darüber. Nicht nur das: Hin und wieder kommt es vor, dass Frau L. die Unwahrheiten durch den Bildschirm skandaliert und der Herr T. sie völlig stumpf als die seinigen ausgibt. So schaukeln sich Frau L. und der Herr T. gegenseitig hoch. Bei Letzterem haben fleißige Köpfe einmal nachgezählt: 30.000 erstaunliche

Einzellügen in lediglich einer Amtszeit – über 20 Lügen pro Tag. Donnerwetter!

Und da ist wirklich alles dabei. Das Land *greater* gemacht, die Familie aus Schweden oder einer anderen schönen Stadt, bei der Amtseinführung mehr Zuschauer als beim Vorgänger – dem Loser – die Pandemie bereits unter Kontrolle und falls nicht, sollen die Leute sich halt Desinfektionsmittel spritzen oder Bleichmittel trinken … oder Kuchen essen. Wobei, das mit dem Kuchen war jemand anderes.

Unterm Strich ist allerdings alles, was jemals gut war, ausschließlich Herrn T. zu verdanken – so lange, bis es schlecht ist, denn dann sind bekanntlich die anderen schuld. Übrigens auch daran, dass jetzt ein anderer an seinem Schreibtisch sitzt – *huge* Wahlbetrug und so.

Genau hier kommt wieder Frau L. ins Spiel, die jede noch so abstruse Lüge des Herrn T. aufsaugt, dekoriert und unter die Dummen im Volke streut. Frau L. schafft damit mehr als nur eine alternative Realität. Sie schafft in erster Linie ihre eigene Zukunft – ihr Arbeitsplatz ist sicher.

Der stille Beobachter N. fragt sich hingegen, ob Frau L. selbst glaubt, was sie im bunten Rechteck Tag und Nacht berichtet. *So dumm kann doch keiner sein.* Andererseits: Es gibt sie ja, die Gläubigen.

Doch ob Frau L. nun glaubt, was sie sagt bzw. sagt, was sie glaubt, tut nichts zur Sache. Für sie geht es nur darum, dass das Gesagte Aufmerksamkeit erzeugt – Zuschauer, Zuhörer und Klicks im Netz.

Für ein bisschen mehr Macht und ein wenig mehr Geld. Die Unwahrheit verkauft sich, während das, was tatsächlich ist, weder zählt noch zahlt. Frau L. verkauft die Lüge für ihr tägliches Brot, das Publikum aber lechzt nach ihr, als sei es die letzte Packung Mehl im Supermarkt.

5.   Die Eloquente

Die Eloquenz ist eine Möglichkeit, mit Worten das zu erreichen, was mit Taten nicht schaffbar ist. Die Eloquente aber ist eine, die den durch ihre Beredsamkeit gewonnenen Vorteil durch jene Schippe verspielt, die sie noch obenauf legt.

Frau S. spricht nicht, sie dichtet. Sie führt mit Worten aus, die nicht jeder kennt, auch wenn er ihre Sprache spricht. Frau S. bestellt keine Pizza am Telefon, fragt nicht nach dem Weg und unterhält sich nicht über Politik – Sie schickt Verse durch Kupferdrähte, malt schwingende Sätze in die Luft und webt einen hörbaren Wandteppich aus Argumenten. Frau S. wird nicht von jedem verstanden; von denen aber, die sie verstehen, umso besser.

„Wie schön ist es doch", erläutert Frau S., „dass wir uns so gepflegt, so vielseitig und konkret, so unterhaltsam, anregend, inspirierend und auch lustvoll austauschen." Was Frau S. jedoch meint, ist, dass sich viele – wahrscheinlich die allermeisten – der Geschwister M., eben nicht auf diese Weise ausdrücken können.

Wo S. ein Kunstwerk schafft, verrohen andere. Wo sie singt, krächzt der Rest. Wo sie geistreich ist, verdummen, und wo sie über sich selbst hinauswächst, degenerieren sie. Wo sie ausschmückt, reduzieren jene auf ein Minimum. Jene, die in Bildern sprechen, statt in Worten; jene, die hieroglyphisieren, besser: sich der Emoticonisierung hingeben. Frau S. hat nichts als Verachtung für sie übrig.

Überdies ist Frau S. der Meinung, dass nur der gut sprechen könne, der sich auch für Sprache interessiere – nicht zwangsweise die eigene. Gern nimmt S. das Wort *Frühstück*, welches eben *nicht* als „Morgenessen" bezeichnet wird. Wie es auch im Englischen nicht nach der Tageszeit benannt, sondern als Fastenbrechen deklariert wird. Dann verweist Frau S. auf die Franzosen, die normalerweise erst gegen Mittag ihr nächtliches Fasten brechen und daher für das Morgenmahl eine Abstufung benötigen – *Petit déjeuner*. Im Türkischen wiederum wird erst am Abend das Fasten gebrochen und auch das nur einen bestimmten Monat lang. Dafür bezeichnet man die erste Mahlzeit des Tages als *Kahvaltı*, worin weder eine Zeit noch feste Nahrung enthalten sind. Wenngleich S. die „Grundlage für einen Kaffee" richtig übersetzt hat, wundert sie sich über den üppig gedeckten Tisch in Anatolien. Wahrlich verliebt ist Frau S. jedoch ins Niederländische – verspricht *Ontbijt* doch als „Anbeißen" einen ganzen Tag der Völlerei.

Derlei gestärkt ist es kein Wunder, dass Frau S.' Verstand stets hellwach und zu verzweigten Leistungen bereit ist. Viele der Geschwister kennen das Problem der Wortfindungsstörung, wenn Namen und Nomen nicht so recht auf der Zunge erscheinen wollen. Frau S. hingegen kann sich oft nicht entscheiden, welches der vielen Wörter sie für diese und jene Sache benutzen möchte. Sie spricht langsam, wählt bewusst und demonstriert schon durch diese Tatsache ihre Überlegenheit. Doch in Momenten, in denen S. sich unbeobachtet wähnt, schiebt auch sie sich eine rein.

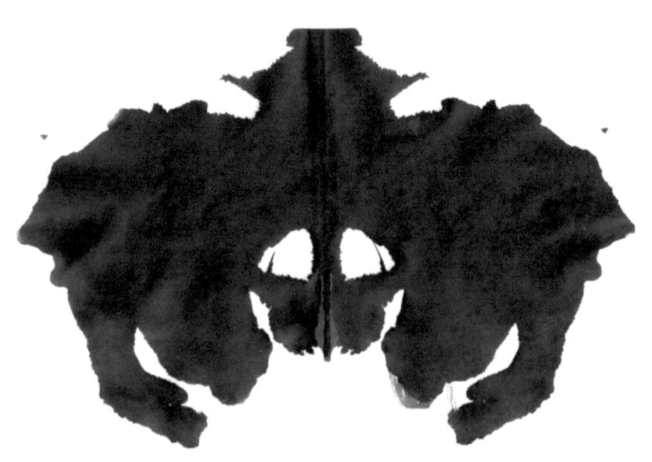

6.   Gefräßige

Die Gefräßigkeit ist jener Zustand, bei dem der Magen als Fass ohne Boden, von außen betrachtet jedoch als umgepoltes Füllhorn erscheint. Der Gefräßige aber ist einer, der nicht nur von allem viel, sondern auch das (seiner Meinung nach) Beste verlangt.

Herzattacke, Atemnot – Herr D. wird eingeliefert. In der Lobby dann der nächste Schritt: Stillstand im Motorenraum. Es sieht nicht gut aus für den kugelrunden Mann. Drei Leute, damit er nicht von der Trage fällt. Ein Vierter legt den Defi an. Glück gehabt, das kranke Herz, es schlägt erneut.

Es musste ja so kommen, denkt Herr D. im wachen Moment. Schließlich hatte seine Frau gewarnt: „Wie wäre es zur Abwechslung mit weißem Fleisch, du siehst ja langsam selber aus wie ein ..." Doch weiter kommt sie nie, denn Herr D. unterbricht ihren Redefluss stets mit einer eingesteckten Trockenwurst. Recht hat sie zweifelsfrei, aber auch Schuld. Schließlich kocht sie so talentiert. Original rheinischer Sauerbraten, Labskaus, Kohlrouladen an saftigen Klößen und wochentags auch gerne einmal Kassler – von den

Würsten ganz zu schweigen. Zahlreich die Gaumenfreuden, ungezählt die Feinkost. Mittags im Büro stärken Fleischkäsesemmel, Currywurst und Döner, wo Mettbrötchen und Aufschnitt-Platte vom Frühstück an Kraft verlieren.

„Das sieht nicht gut aus", meint der Oberarzt. Erst Attacke, dann Infarkt. Arterien verstopft, der Druck zu hoch, das halbe Herz ist hinüber und die zweite Hälfte pumpt nicht stark genug für den Koloss. Herr D. muss unters Messer. Den Magen zu verkleinern, Angefuttertes abzusaugen kommt nicht infrage. Zumindest jetzt nicht, denn dafür ist's zu spät. Ein neues Pumpwerk muss hinein.

Hauptsache, es schmeckt! Natürlich weiß Herr D. und hat auch schon gehört – von Ausbeutung im Zerlegebetrieb, von Antibiotika in der Schweinemast. Aber was kann er dafür, dass Fleisch nun einmal an Tieren, nicht an Bäumen wächst? Soll er etwa Gras fressen und Körner kauen, wie diese spaßbefreiten Veganer? Das bisschen Regenwald, das trocknet dank Erderwärmung doch eh weg. Was macht das schon für einen Unterschied, ob Herr D. da ein Nackensteak, Grillfackeln und Rostbratwürste auflegt, oder – Gott bewahre – sich mit Gemüse den Rost versaut. „Das Angebot von Mutter Natur muss man zu schätzen wissen", meint Herr D. „Bolzenschuss und Gitterkäfig aber auch", ergänzt die Frau.

Gerade ist Herr D. aus der Narkose aufgewacht. Es dauert – Nebelschwaden verziehen sich nur langsam im Aufwachraum. „Sie haben Schwein gehabt", lacht der Arzt, „im doppelten Sinn, denn beinahe wären Sie uns hopsgegangen." Herr D. der darauf nichts so recht zu sagen weiß, schließt die Augen. Am nächsten Tag dann geht es besser. Das erste Frühstück nach der OP – köstlich schmecken Schinkenbrot und gebratener Speck an Rührei. Herr D. ist munter und zufrieden, mal sehen, was die Zeitung schreibt. Aufgeschlagen vergeht das Lachen, Herr D. liest: Erstmals Schweineherz in einen Menschen eingesetzt.

7.   Der Gläubige

Der Glaube ist eine Angelegenheit, die keinen etwas angeht, der diese Angelegenheit nicht teilt, die aber dennoch an allen Orten zu allen Zeiten hervorgeholt und vor aller Augen sichtbar dargelegt wird. Der Gläubige aber ist einer, der in der größten Bibliothek der Welt – mit dem gesamten Wissen der Menschheit darin enthalten – steht und sagt: „Das eine Buch da vorne, das reicht mir."

Herr R. hat drei Töchter, auf die er sehr stolz ist. Nicht nur, da sie alle Rituale vollziehen, die auch er in seinem Glauben vollzieht, sondern auch, da sie es allesamt bereits im Diesseits zu etwas gebracht haben. Gute Bildung, Erfolg im Job und dazu fromm – was sollten sich Herr R. und seine Frau mehr wünschen?

Herr R. weiß, dass nur recht folgen kann, wem auch recht vorausgegangen wird. Wann immer es daher seine Pflicht ist, erfüllt er, was seine Religion von ihm verlangt. Am Anfang das Bekenntnis, darauf das Gebet – daheim und im Gotteshaus. Das Lesen in der Schrift versteht Herr R. nicht als religiöse Pflicht, sondern als erbauliche Freizeitgestaltung. Für ihn ist es wie für andere das Schmökern in Romanen. Wenn jedes Jahr aufs Neue verlangt wird, dass er fasten soll, dann fastet Herr R., und wenn er seine Nächsten lieben und ihnen die Brieftasche öffnen soll, dann macht er auch dies.

Nur einmal – Herr R. erinnert sich mit Scham – verweigerte er einer Bettelnden die Münze: „Es tut mir leid, ich habe nichts." Doch er hatte sehr wohl einen Zwanziger und auch drei Münzen. Bloß war das Geld bereits verplant in einen Strauß für seine Frau. *Wo ich Blumen kaufe, hungern andere,* erinnert sich Herr R. mindestens einmal pro Woche im Zwiegespräch mit seinem Gott.

Ja, Herr R. ist fromm und das ist auch gut so. Selbst Platon wusste: Fromm zu sein, bedeutet klug und weise zu sein. Herr R. weiß das auch. Genauso wie Herr R. weiß, dass er Gott Opfer darbringen muss. In der heutigen Zeit natürlich keinen Hammel, der zur Schlachtbank zu führen ist. Spenden, Verzicht und Anstrengung sind die wahren Opfer.

Opfer ist in dieser Geschichte das gesuchte Stichwort, denn eines schönen Tages prüft sein Herr ihn im Glauben. Herr R. gerät – wie der Stammvater – in die tragische Situation, seinen Töchtern das Messer an den Hals legen zu müssen, da diese sich zeitgleich zur Beichte bei ihm einfinden. Ungeachtet ihrer Frömmigkeit begehen sie dreifachen Frevel. Die erste Tochter findet Gefallen an körperlichen Freuden und verdient sich unverheiratet als Hure. Die zweite Tochter will zwar heiraten, doch soll der Bräutigam eine Frau sein. Die dritte Tochter indes hat völlig den Verstand verloren: Auch sie will ehelichen, doch soll es ein Mann fremden Glaubens sein.

Was tun? Ratlos ist Herr R. Soll er, was er selbst gepredigt, was in allen Schriften steht, die Töchter verstoßen, weil nicht erlaubt ist, was sie treiben? Oder soll er sich nach dem Grundsatz richten – Gebet, Bekenntnis, Fasten und all dies vergessen, da es im Kern doch um die Liebe geht, seine Töchter so zu nehmen, wie Gott sie ihm schenkte.

8.   Die Ehrenleute

Die Ehre ist ein Gut, das immer dann zum Tragen kommt, wenn nichts Besseres mehr zu finden ist. Die Ehrenleute aber sind welche, die mit dem Niedersten das Höchste zu erzielen suchen, doch mit dem Höchsten das Niederste erreichen.

„Was ist Ehre?", fragt N. vier Personen, die um einen Tisch sitzen. Warum diese Vier ausgerechnet in dieser Geschichte an diesem Tisch sitzen, ist ohne Belang. Wichtig ist, dass sie durch beliebige andere der Geschwister M. ersetzt werden könnten.

„Ehre ist, wenn wir anstoßen", sagt Frau G. ohne Zögern und hebt ihr Glas. Ob damit Vergnügen oder Respekt gemeint ist, wird nicht klar, denn F. wirft seinen Senf ebenfalls in die Runde. Immer ganz vorne mit dabei, wenn es gilt, Moralisches zu schützen. Herr F. spricht gern von Werten, die er habe; von Idealen, die es hochzuhalten gelte; von Normen, nach denen man sich zu richten habe. Das sei Ehre. Ein Beispiel? Nach kurzem Überlegen sagt Herr F.: „Patriot sein, das hat Ehre!"

„Warum?" – „Na, weil … man muss halt stolz sein auf sein Land." – „Wenn man sonst nichts hat."

Patriotismus als Lückenfüller. Wohl kaum. Frau I. überlegt, ob sich die Ehre nicht ganz abstrakt als Position in der Gesellschaft definieren ließe. „Wie bei einer umgedrehten Pyramide – steht man oben, hat man viel, und wenn nicht …" – „Dann nicht", unterbricht Frau G. „Nein, nein", wiegelt auch Herr C. ab, „ich versteh' schon, aber das ist es nicht. Es sind ja oft die Ehrlosen, die ganz oben stehen."

Ein kurzes, nachdenkliches Schweigen später setzt G. erneut an: „Ehrlose, das ist es! Wir müssen erst das Fundament gießen. Ehre ist Gerechtigkeit; ungerecht ist ehrlos."

„Denkt an die Doppelstandards! Warum ist dieses und jenes beim Mann völlig legitim, aber Schande, wenn die Frau es macht?" – „Gute Frage, mein lieber C.! Vom Ehrenmann zum Ehrenmord ist es oft nur ein Messerstreich." Da wächst Tumult; lauter wird die Diskussion, während sie sich an Pro-, Gegen- und Scheinargumenten entlanghangelt.

„Ach, hört doch auf!", verlangt C. „Ehre, das ist nichts, nur so ein Wort. *Es ist mir eine Ehre, dass …* oder: *Mit diesem Preis ehren wir …* Was soll das sein? Freude, Vergnügen oder Pflicht? Alles mit Ehre ist nur Floskel. Leere Worthülsen, die zeigen, dass der Schütze längst verschossen hat. Oder schlimmer noch: Wer von Ehre spricht, will Ehrloses überdecken. Die eigene Unmoral, Diebstahl oder Mordlust."

„Das lasse ich nicht gelten", protestiert Herr F. und bekommt Schützenhilfe von Frau I.: „Ehre ist Würde" – „Nein, denn Würde kann man brechen, Ehre wird genommen" – „Das ist doch Unsinn! Man kann einem Menschen weder die Ehre nehmen, noch die Würde brechen!" – „Eben! Sind beide unantastbar." Sicher? Ja. Nein. Doch!

So zieht sich diese Diskussion wie ein zähes Schauspiel von Goethe und ist dabei doch so lehrreich wie eines von Brecht. Leider hat es außer N. kein Publikum. Nach einer Weile der Kompromiss: „Und wenn es mehr als eine Ehre gäbe, für jeden Menschen eine eigene? Ehre ist nicht das, was andere von dir denken, sondern das, was du im Spiegel siehst."

„Mit dieser Antwort", wirft N. zufrieden ein, „kann ich leben."

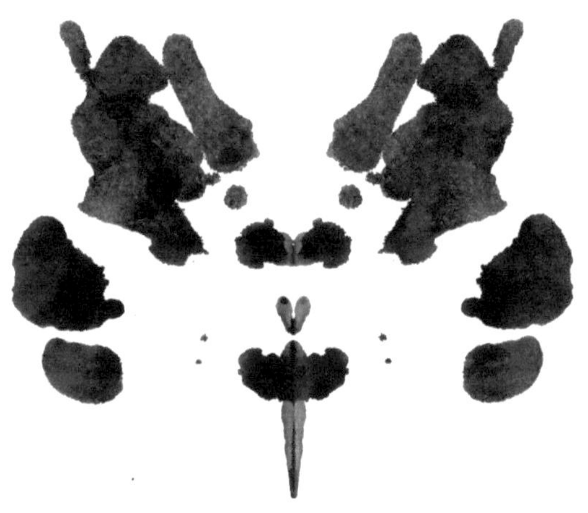

9.   Die Hamsternde

Die Hamsterei ist ein Egoismus, der aus reiner Furcht vor einem Mangel – so unwahrscheinlich er auch ist – diesen Mangel erst erzeugt. Die Hamsternde aber ist eine, die an einem Tag mehr Packungen Mehl kauft, als sie Finger an beiden Händen hat, um damit Brot zu backen, welches sie in den folgenden 78 Wochen der Mindesthaltbarkeit doch lieber fertig aus einer Bäckerei beschafft.

Das Gebaren der Frau A. kann durchaus nicht als unsozial beschrieben werden – im Gegenteil: Gerade weil sie das Verhalten anderer Hamsternder bis ins kleinste Detail kopiert, legt sie eine äußerst soziale Fähigkeit an den Tag: das Lernen durch Nachahmung. Das wiederum macht Frau A. jedoch nicht zu einem guten Menschen, denn wer den Mörder tötet, wird selbst zu einem.

So geschah es auch mit Frau A. die schon in frühester Kindheit erst dann die Sandburgen anderer Kinder zertrampelte, als sie dieses Verhalten zunächst beobachtet hatte. Ebenso griff die junge Frau A. zur selben Nahrung, zur selben Kleidung, zur selben Musik und schließlich auch zu denselben Männern, wie es die sie umgebenden jungen Frauen taten. Diese Tatsache mag noch nicht die Ursache für ihr sich heute zeigendes Verhalten sein. Vielmehr liegt der Drang zum Horten darin begründet, dass Frau A. von einer schier unfassbaren Angst geplagt wird. Streng genommen sind es sogar mehrere Ängste.

Verständlich – wenngleich unbegründet – noch die Angst, durch Hunger einzugehen. Doch selbst ohne Krieg oder Pandemie fürchtet sich Frau A., am Folgetag fünf Cent mehr für den Liter Benzin ausgeben zu müssen, was sie dazu verleitet, sich bei laufendem Motor eine dreiviertel Stunde vor die Tankstelle in eine Warteschlange zu stellen. Den finanziellen Gewinn dieser Anstrengung hätte Frau A. zwar auch erlebt, wenn sie mit einer um das Alter ihrer Tochter reduzierten Geschwindigkeit zur Arbeit fahren würde, doch dann hätte sie nicht jene Minuten hamstern können, die sie sich allmorgendlich über *Öko-Terroristen* und Lastenräder aufregt.

Frau A. fürchtet sich ebenso vor einem Verlust an Lebensqualität, welcher unausweichlich ist, sollte sie jährlich eine Mahlzeit weniger Spargel auf dem Teller vorfinden. Auch fürchtet sich Frau A. vor ausbleibenden Pommes, sich in Luft auflösender italienischer Kochkultur, fehlendem Nagellack sowie nicht mehr kaufbarer H-Milch und Kondomen.

Die wohl größte Angst der Frau A. besteht allerdings darin, sich mittelfristig nicht mehr den Hintern abwischen zu können.

Noch einmal an den *sozialen* Charakter von Frau A. denkend, muss festgestellt werden, dass *eine* Hamsternde allein den Kohl nicht fett macht. Denn Hamsternde werden dann erst zur Gefahr, wenn sie Fell gegen Flügel, Stummelbeinchen gegen Sprunggelenke und Backentaschen gegen Facettenaugen eintauschen sowie in Gruppengrößen biblischen Ausmaßes durch Supermarktketten schwirren. In der Stadt F. am M. hatte dies ein Verbot der Hamsterei für einen Monat zur Folge. „Schön", dachte Frau A., „diesen Monat steh ich auch noch durch."

10.   Die Gewissenhafte

Die Gewissenhaftigkeit ist die hohe Kunst der Fokussierung auf eine Aufgabe, die mit Sorgfalt zu erfüllen beinahe jeder in der Lage, jedoch nahezu niemand im Stande ist. Die Gewissenhafte aber ist eine, die ihr selbst gestecktes Ziel auch dann in gesetzter Zeit erreicht, wenn der Fernseher an der Wand läuft, das Handy in der Tasche vibriert und eine Tafel Schokolade in der Küche liegt.

Das leise Klicken rührt nicht vom Auslöser der Bombe, welche gerade an der Straßenecke ihrer physikalisch vorhersagbaren Reaktion folgt, sondern jenem Auslöser an der Kamera vor Frau K.s Nase. Der Umstand zeitlicher Übereinstimmung hat jedoch den Vorteil, dass Frau K.s Arbeit durch ihn von Erfolg gekrönt ist – jene des Bombenlegers allerdings auch.

Das ist nicht oft so. Meist passiert nichts, wo jeden Augenblick etwas passieren könnte. Um erst an diesen Punkt zu gelangen, muss Frau K. sich stets akribisch vorbereiten. Jeder erste Schritt will gut geplant sein, da bereits der zweite Improvisation bedarf. Die Hürden sind bürokratisch, sprachlich oder gar biologisch.

Wie oft will K. aufgeben, alles hinschmeißen? Wie oft springt sie dem Tod von der Schippe? Doch ihr Gewissen plagt. Es richtet die Kamera beständig auf die Schlacht und das Ohr an Opfer. Und Täter. Sie muss gründlich sein, wahrhaftig – von ihrer Sache überzeugt!

Überzeugt ist auch Herr U. und zwar von sich selbst. Er beweist sich als K.s schlichtes Gegenteil. Wo er hinlangt, wächst kein Gras mehr; was er repariert, das geht erst recht in die Brüche. Gerade ist U. damit beschäftigt, sämtliche gepflasterten Straßen der Stadt Ç. mit einem Asphaltschneider zu öffnen, dann wird ausgehoben, dann werden Rohre verlegt. Mit denen kennt sich U. bestens aus. Wann immer eines verstopft ist, wird er gerufen.

Wenn dem Laien längst klar ist, was zu tun ist, überlegt U. gerne noch ein Weilchen, um dann auf die falsche Lösung des Problems zu kommen. Weder mag er es bevormundet, noch kritisiert zu werden. Einmal hatte N. es gewagt, auf das Tropfen eines gerade von Herrn U. montierten Wasserhahns hinzuweisen, da giftete dieser: „Der Hahn tropft nicht, den habe *ich* montiert – und ich bin der Meister!" Seitdem ist ein Jahr vergangen, der Hahn tropft noch immer. Was allerdings nicht an den von U. heute verlegten Rohren liegt, denn diese führen weder Wasser, noch sind sie mit einem der Häuser in der Stadt verbunden. Sie liegen einfach so im Erdreich.

„Das Zeigen ist von Belang", sagt Frau K. „Was sind schon 15.000 tote Soldaten in den Abendnachrichten gegen Leichensäcke am Straßenrand?" Was bedeuten Geländegewinne, bessere Karten am Verhandlungstisch oder die Rede vor einem Mahnmal gegen die ausgezehrten Augen eines flüchtenden Mädchens? Das menschliche Leid kann … nein, muss durch Frau K.s engagierte Linse eingefangen und in die Welt getragen werden. Wenn dieses eine Bild im Kasten ist, wenn die Emotion auf ein Blatt Papier gedruckt werden kann, dann braucht es weder Blut noch Waffen, dann reicht ein toter Junge am Strand.

Navid Linnemann

Schreibender aus dem Rheinland, der abwechselnd in Istanbul und einem Dorf in der Nähe von Izmir verweilt. Er studierte zunächst Islamwissenschaften und Geschichte, bevor er auf Sozialwissenschaften umsattelte. Die schreibende Tätigkeit begann in Form von Gedichten, stolperte über einen Romanversuch und landete schließlich bei historischen Kurzgeschichten, Sachbüchern und gelegentlichen Ausflügen ins Journalistische.

Seit einigen Jahren engagiert er sich ehrenamtlich bei einem deutsch-türkischen Onlinemagazin.

Aktuelle Infos auch unter

navid-linnemann.de

Bisher erschienen

- "Stambul – Geschichten zwischen Sultanat und Republik", 180 Seiten, TB, ISBN: 978-3-748116-46-2
- "Şimdi heißt jetzt – Momentaufnahmen aus Istanbul", Hardcover, Slanted Verlag, Maviblau, ISBN: 978-3- 948440-06-0

II. Der Untätige

Die Untätigkeit ist ein Verbrechen, welches durch bloßes Nichtstun im Wissen der gebotenen Handlungsweise mit den Schultern zuckt. Der Untätige aber ist einer, der vor dem geöffneten Höllentor steht und sagt: „Ja, aber was geht mich das an?"

Herr Z. macht ja doch nur seine Arbeit; seinen Job, den er sich zwar nie gewünscht hatte, dem er dennoch gerne nachgeht. Herr Z. arbeitet bei der Bahn und ist – das sagt er jedem Reisenden mit vor Stolz anschwellender Brust – „nur dazu da, dass es hier ein'germaßen ausschaut." Die Flaschen auf dem Tisch im Schnellzug – zwei Wasser, drei Bier'; alle fünf Mehrweg – verschwinden daher bereits im Müllsack, noch bevor er seinen Aufsatz beendet.

„Ist da nicht Pfand drauf", fragt N. und erntet lediglich ein Schulterzucken. Dass der Speisewagen, der die passenden Kästen zur Rückgabe vorhält, nicht im letzten, sondern im nächsten Waggon untergebracht ist, müsste Herr Z. aufgrund seiner Tätigkeit eigentlich wissen.

Doch wie so oft weiß er viel und handelt nicht. Herr Z. lernte beispielsweise in der Schule, dass es nicht gut um die Umwelt bestellt sei, trotzdem sind ihm zehn Schritte zum nächsten Eimer schon zu weit. Verrückt, wo er doch extra tief in den Wald hineinfährt, um dort Sofa und Kühlschrank zu entsorgen. Plastiktüten und Einwegbesteck musste der Staat erst verbieten, damit Herr Z. merkt, dass er sowohl Stoffbeutel als auch Edelstahlgabel bereits daheim hat. Nun, beim Verlassen des Hauses zu wissen, ob er zum Picknick oder Einkaufen geht, ist natürlich für Herrn Z. eine anspruchsvolle Aufgabe. Wenn dann auch noch vorgeschlagen würde, er solle sich einen Becher für seinen Kaffee unterwegs mitnehmen ...   nicht auszudenken!

Sich beim Einkaufen die Mühe machen, will er nicht – Etiketten lesen, ob die Spülmaschinen-Taps auch nicht die Umwelt verseuchen; Mikroplastik in der Zahnpasta über den Umweg Fisch in seine Blutbahn gelangen könnte; oder der Raubbau an der Natur am anderen Ende der Welt auf seinem Teller landet – Herr Z. weiß es besser.

Sie fabulieren doch auch allabendlich im TV davon – und doch ... selbst wenn er in den eigenen vier Wänden bleibt, handelt Herr Z. nicht so, wie er es könnte. Papier, Plastik, Glas, Bio und dann eine Tonne für den Rest besitzt er, dazu eine Box für gebrauchte Batterien, doch nutzt Herr Z. sie nur sporadisch. „Am

Ende", glaubt er, was nicht stimmt, „kippen sie's doch eh zusammen."

Den Stromanbieter auf Erneuerbare wechseln oder ein paar Paneele aufs Dach? Die Bahn nehmen, wo Herr Z. doch schon beruflich so viel damit unterwegs ist? Das Rad als Alternative? Regionale Lebensmittel kaufen und zum Shoppen den Bus nach B. nehmen anstelle des Flugzeugs nach N. Y.? Am Ende gar weniger Fleisch auf dem Teller, dafür aber auf dem Weg zur Arbeit nur 100 statt des Doppelten? Kleinwagen statt SUV? A+++ statt B? Bio statt von der Stange?

Nein! Für all das ist Herr Z. zu faul, zu bequem, zu freiheitsliebend. Lieber geht die Welt unter, als dass er einen Finger mehr als nötig rührt.

Keine Pointe.

12.   Der Liebende

Die Liebe ist ein Gefühl zwischen Menschen, welches dazu veranlasst, Dinge zu tun, die mit dem Verstand allein nicht zu erklären sind. Der Liebende aber ist einer, der sich selbst ein Organ entfernt, wenn es dem Geliebten dienlich ist.

Es schreit. Es tobt. Es lässt ihm keine Ruhe. Wie Herr V. es auch dreht und wendet, sein Kind findet einfach keinen Schlaf. Müde ist es, hundemüde. Geschwollene, rot unterlaufene Augen, torkelnd der Stand und immer wieder das kleine Händchen reibend ins Gesicht.

Wehe aber, Herr V. nimmt es tröstend in den Arm. Wehe aber, er singt das *La-Le-Lu* oder das *Guten Abend, gut' Nacht* und wiegt es in den Armen. Dann brüllt es. Dann schlägt und tritt es um sich. Herr V. ist ratlos. Herr V. verzweifelt. Kein Schnuller nicht und keine Milch, nichts, was das kleine Kinderherz beruhigen könnte. Das Licht ist aus, alle Vorbereitungen getroffen. Doch an Schlaf ist nicht zu denken und auch die Nachbarn sind jetzt wach.

Stunden geht das so. *Na, dann lass es halt Brüllen*, flüstert eine Stimme, *die Kopfhörer sind schalldicht und Beethovens Fünfte laut.* Herr V. hört nicht auf die Stimme, er versucht den nächsten Trick, das nächste Lied. Geduld, Geduld, Geduld.

Irgendwann – als Bäcker schon in ihren Stuben stehen – geschieht, was längst hätte geschehen sollen: Das Kind schläft ein. Wie durch ein Wunder, wie durch Zauberhand ganz plötzlich, doch sachte in den Schlaf gewunken. Herr V. macht drei Kreuze, klopft (leise) auf Holz und gleitet selbst so schnell ins Reich der Träume, dass er es praktisch gar nicht ... da wacht das Kind schon wieder auf. Der Hahn kräht, ein Muezzin ruft zum Gebet oder sonst irgendeine Handlung, die den neuen Tag begrüßt. Kaum begonnen ist die Nacht für Herrn V. auch schon vorbei. Jetzt ist er es, dessen Augen bluten.

Das Kind aber ist frisch erholt, wie aus dem Ei gepellt. Mit großen Augen schaut es Herrn V. an, lächelt glücklich und babbelt leise *Baba* vor sich hin.

In diesem Moment ist alle Pein der letzten Nacht vergessen.

13.   Die Viktimisierende

Die Viktimisierung ist ein Mittel der Politik, so schlecht dazustehen, dass jeder Gewinn wie ein Ausgleich erscheint. Die Viktimisierende aber ist eine, die über die Schmerzen in ihrer Hand klagt, nachdem sie ihren Opfern bereits die Seele aus dem Leib geprügelt hat.

In Wagen 32 auf den Sitzen 11, 12 und 14 im Zug von A. nach B. sitzen die Frauen W. sowie X. und Y. Allen drei gemein sind Ort, Zeit und Geschwindigkeit. Sonst unterscheiden sie sich in sämtlichen nur erdenklichen Weisen. Zu nennen ist eingangs, dass Frau Y. eine Brezel hervorholt, sie mittig zersägt, mit Frischkäse beschmiert und sodann mit gehacktem Schnittlauch bestreut.

„Sie sind Bayerin, stimmt's?", fragt Frau W.

„Nein", antwortet Frau Y., „Vegetarierin."

„Mein Nachbar ist beides", wirft Frau X. ein.

„Mein Beileid", meint W., „aber das ist gar nichts. Meiner ist Moslem. Müssen den Zaun höher machen, wegen der Meerschweinchen."

„Das kenne ich“, bemerkt Y., „meinen Job macht jetzt auch ein Ausländer.“

„Wohl ganz ohne Bildung, was? Ich bin nämlich auch beides“, erklärt X.

„Was? Bayerin und Vegetarierin?“

„Ausländerin und Muslima.“

„Ah.“

„Aber wenigstens in der Schule gewesen“, lobt Frau W., „bei Ihrem Deutsch ...“

„Da hab‘ ich es aber nicht gelernt!“, erklärt Frau X. „Da wollten sie uns nur gehirnwaschen.“

„Achso“, sagt W., „wegen diesem Impfen. Damit versklaven sie uns, damit mehr von den Schwarzen kommen. Umvolkung. Aber mit mir nicht, das sag ich Ihnen!“

„Wir wären ja damals froh gewesen“, meint Frau Y., „hätten wir Impfungen gehabt. Aber wir hatten ja nix.“

„Nach dem Krieg?“, fragt X.

„Nein, im Osten.“

„Na besser keine Impfung als kein Geld.“

„Das ist heute auch nichts mehr wert“, wirft W. ein, „wir können uns ja nicht mal mehr die Wurst auf dem Brot leisten.“

„Ich dachte, Sie seien Vegetarierin“, erkundigt sich X.

„Ne, das bin ich“, sagt Y.

„Sei’s drum“, führt Frau W. fort, „jedenfalls haben wir jetzt immer weniger und die immer mehr!“

„Wer? Die Ausländer? Die R.?“

„Die da oben natürlich“, erklärt Frau W., „was sollen die R. denn damit zu tun haben?“

„Na, wegen dem Krieg, dem Osten“, begründet Frau X.

„Wir heizen ja mit Gas“, sagt Frau Y., „da werden wir bald frieren, wenn das noch teurer wird.“

„Ach, drehen Sie doch einfach die Heizung nicht so auf bollewarm.“

„Der Sprit ist viel schlimmer. Auf 5 Mark sind wir da bald.“

„Fahren Sie halt mit dem Rad. Haben Sie mal versucht, Essen zu kaufen? Das ist teuer – und nicht mal Öl gibt es.“

„Übertreiben Sie nicht. Lieber kein Öl, als den ganzen Tag im Bunker hocken, wie mein Onkel!“

„Ist der U.?“

„Nein, Prepper.“

„Meiner auch. Nichts mehr sagen darf man hier und keine Waffen kaufen. Schlimm!“

„Sie haben ja gut reden hier. Zu kalt, zu teuer, zu wenig Licht … Was ist mit uns? Wir sind es, die abgemurkst werden. Genozid ist das, jawoll!“

Frau W., Frau X. und Frau Y. sehen sich nach diesen Worten eine Weile schweigend an. „Immerhin“, sagt W. dann einen Moment, bevor der Zug in einen Tunnel einfährt, „scheint heute endlich mal wieder die Sonne.“

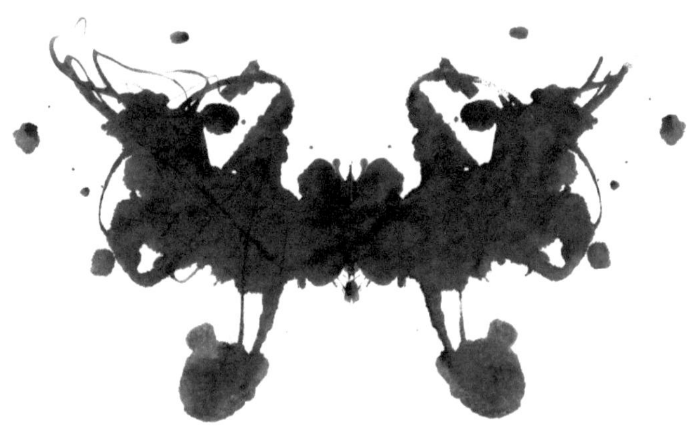

14.   Die Gerechte

Die Gerechtigkeit ist ein Ausgleich, der sich nicht im Kopf zwischen zwei Schultern die Waage hält, sondern eben jenen Zustand zwischen zwei oder mehr Köpfen sucht. Die Gerechte aber ist eine, die ihre Augen blind hinter dem Tuch trägt, mit dem Schwert jedoch nie ihr Ziel verfehlt.

„Es wäre schön", überlegt Frau J., „würde er vom Baum erschlagen. Das würde passen." Doch der Staatsmann, dem Frau J. hier eine berufliche Entwurzelung wünscht, hat es nicht sonderlich mit diesen vielfältigen Naturwundern. Meistens stehen sie ihm im Weg – beim Goldschürfen, in die Lüfte abheben oder Bau von Einkaufszentren.

Der Mäzen, der – wie andere kluge Schwestern und Brüder unter den Geschwistern M. – den Wert von Bäumen längst erkannte und diese nach Kräften zu schützen suchte, sitzt hingegen für den Rest seines Lebens hinter den Gittern der Ungerechtigkeit. Nur das Papier, auf welches er jetzt die Worte Hermann Hesses schreibt, erinnert hinter Stahl und Beton an das Leben, welches er und andere erhalten wollten.

„Bäume sind Heiligtümer. Wer mit ihnen zu sprechen, wer ihnen zuzuhören weiß, der erfährt die Wahrheit. Sie predigen nicht Lehren und Rezepte, sie predigen, um das Einzelne unbekümmert, das Urgesetz des Lebens."

Frau J. liest weiter und wundert sich. Nur Hesse vermochte es, das Heilige im Baum zu sehen und bei kräftig beschriebenen Wurzeln an Wanderschaft denken zu wollen. Die schützenswerte Heimat, ja, die erkennt auch Frau J. hinter der Rinde eines Baumes und in sich selbst. Doch Wurzeln lassen sich nun einmal nicht unbeschadet abschlagen.

„Ein Baum", schrieb Hesse dann, *„spricht: Meine Kraft ist das Vertrauen. Ich weiß nichts von meinen Vätern, ich weiß nichts von den tausend Kindern, die in jedem Jahr aus mir entstehen."*

Er täuscht sich, weiß Frau J., Bäume sind so viel mehr als losgelöste Glieder in einer Kette namens Evolution. Trotz Vertrauen pflegt Frau J. ihre Oliven. Beschneidet jene, die vor fünfhundert Jahren keimten, wässert jene, die ihr Großvater vor fünfzig Jahren pflanzte, und düngt jene, die Frau J. selbst vor fünf Jahren in die Freiheit setzte. Ihre Oliven sind Familie. Frau J. kennt ihre Väter und Mütter, kennt ihre Kinder. Über Generationen hinweg flechten sie Wurzeln, über Generationen hinweg stehen sie füreinander ein. Frau J. ist ein Teil davon, fleischgewordenes Wurzelwerk, das bis in die am dichtesten besiedelten Betonwüsten reicht.

Bäume wachsen nur dort, wo Platz ist und teilen knappes Gut fair auf. Bäume sind dankbar, wenn sie gepflegt werden. Sie leben von Molekülen und Mineralien aus Luft, Wasser und Erde. Bäume stiften Atemluft, schenken Früchte und spenden Schatten. Sie nehmen, was sie brauchen, und geben, was sie können.

„Suum cuique", haucht Frau J. in ihren Garten. Wieder denkt sie an den Staatsmann. Möge ihr verbrauchter Atem am anderen Ende des Landes zum Sturm werden. Möge ein Baum zur passenden Zeit einen Arm opfern.

15.   Der Notgeile

Die Notgeilheit ist ein Zustand von Dauer, der sich mitunter über den Großteil der Lebenszeit erstreckt und im günstigsten Falle von Kinderreichtum gestillt, im ungünstigsten Falle von Gefängnisgittern gebremst wird. Der Notgeile aber ist einer, der auch dann nicht lassen kann, wenn es bereits wehtut.

Unter den Geschwistern M. gibt es viele wie den unauffälligen P. Manchen mag er als normal gelten, anderen als animalisch. Herr P. entdeckte, welche Stellen seines Körpers er auf welche Art berühren musste, um angenehme Reaktionen zu verursachen – warum hätte er ihn da nicht seiner naturgemäßen Funktion entsprechend einsetzen sollen?

Schnell verlangte es ihn nach mehr. Das bloße Berühren reicht nicht – er muss die Bilder sehen, die Stimmen hören, die Bewegungen verfolgen. Wenn andere sich ihrem Hobby ein- oder zweimal in der Woche widmen, so beschäftigt P. sich täglich damit. Nach der Schule, nach der Arbeit und erst recht am Morgen davor. Daran hat sich seit Jahren nichts geändert. Heute ist Herr P. Beamter, pflichtbewusst mit beiden Händen unter der Schreibtischplatte.

Nach außen ganz der prüde Biedermeier, doch im Innern: Da tobt der lüsterne Hurenbock. Wenngleich er sich zwischen Morgenlatte und abendlicher Entspannungsonanie nur selten anfassen kann, kreisen die Gedanken häufig um die körperlichen Freuden.

Das reicht nicht. Immer mehr will … nein, braucht er. Nachdem der eigene Körper beherrscht ist, muss ein fremder her, den es zu erobern und erforschen gilt. O. kommt da gerade recht, denn auch sie verspürt denselben Schmerz wie P., wenn ihre Finger für mehr als drei Tage nicht in die lieb gewonnene Falte eintauchen.

Wie gut, dass die beiden sich treffen und gemeinsam Unterschiedliches erkunden. „Wie die Karnickel", mag da jemand stöhnen. Doch weder P. noch O. kümmern sich um Neider. Sie können nicht voneinander lassen, nicht tags, nicht nachts. Nur zum Essen und für ein paar Stunden Schlaf lösen sie sich voneinander.

Dann reichen weder das Eigene noch das andere. Frau O. stillt Herrn P.s Durst nach Fleischeslust nicht mehr, hat sich längst auch unter den Nachbarn gelegt, der in ihren müden Gliedern jugendlichen Eifer weckt. P. besteigt die Verkäuferin im Supermarkt, ein tätowiertes Mädchen von der Straße, eine Pilotin der

Armee und die Friseurin, die ihm an jedem zweiten Samstag die Haare macht.

Ohne Pause zieht P. durchs Land. Er nimmt sich allem an, was ihm vor den Klüverbaum kommt, und fischt an jedem Ufer. „Alle sieben Sekunden", sagt man, „denkt der Mann an Sex." P. hingegen denkt nicht nur, er handelt auch.

Einzig: Satt macht es nicht. Seine vergossenen Liebestropfen füllen Bäder, sein Blick renaturiert Moore. Am letzten seiner Tage sitzt P. mit geöffneter Hose und gekrümmter Hand vor dem Bildschirm. Flüssigseife und Trockentücher stehen rechts und links Schmiere, der Boden übersät mit ihren Ahnen. Ein letzter Stoß, ein letztes Zucken. Während heißer Samen tropft, stoppt das Herz und fällt der Kopf.